교실 수면
탐구 생활

교실 수면 탐구 생활

초판 1쇄 펴낸날 2019년 7월 26일
초판 4쇄 펴낸날 2020년 11월 23일

글·그림 | 정지은
펴낸이 | 홍지연
총괄본부장 | 김영숙
편집 | 소이언 정아름 김선현
디자인 & 아트디렉팅 | 스튜디오 헤이, 덕
디자인 | 남희정 박태연
영업 | 이주은
홍보 | 최은 위세윤
관리 | 김세정
인쇄 | 스크린 그래픽

펴낸곳 | ㈜우리학교
출판등록 | 제313-2009-26호(2009년 1월 5일)
주소 | 03992 서울시 마포구 동교로23길 32 2층
전화 | 02-6012-6094
팩스 | 02-6012-6092
홈페이지 | www.woorischool.co.kr
이메일 | woorischool@naver.com

ISBN 979-11-87050-98-8 43810

둘이 자다가 하나 깨도 모를

교실 수면 탐구 생활

정지은 글·그림

우리학교

차례

1부 잠이 오니?

2부 무슨 생각해?

3부 깼니?

4부 또 자니?

자고 있는 청소년만이 주는 특유의 미감이 있다.
그건 어린이나 아기가 자는 모습과는 또 다른 종류의
독특한 아름다움이다.

들어가는 글 누구나, 자기만의 잠을 잔다

이 죽여 주게 '멀티적인' 시대.

그래도 잘 때만큼은 자는 것 말고는 아무것도 할 수가 없다.

(아무리 과학 기술이 발달하더라도 자는 영역까지 똑똑한

뭐가 난입하는 일은 제발 없기를!)

잠을 자는 동안만큼은

그자가 얼마나 난폭하든 얼마나 한심하든

얼마나 이기적이든 그 모습과 상태로는

아무에게도 해를 끼치지 않는다.

바로 그 점 때문에

깨어 있는 동안 극성스럽고,

그렇게 사람 긴장하게 만드는 고등학생들이 자는 모습에

본능적으로 끌렸던 것 같다.

어쩌다 보니 꽤 많이, 자는 아이들의 모습을 그리게 되었다.
하지만 좀 더 솔직히 말하자면……
현실적인 동기는 그런 게 전혀 아니었다.
움직이는 사람을 그릴 만한 드로잉 실력이
아직 안 되어서였다.

또 수업을 하지 않는 상황,
창체(창의적 체험 활동) 방송 시간이라든가 자습 시간 등에
학생들이 무기력하게 자거나 휴대폰을 만지작거리는 동안
나는 딱히 할 일이 없었다.
낙서를 하다 보니 주로 자는 모습을 그리게 된 거였다.

그런데……!

그리기 위해 찬찬히 뜯어보다 보니
아무리 극성스러운 아이라도 자는 모습만큼은
10대만의 고결함, 그리고 청소년 특유의 가련함을
묘하게 담고 있음을 깨달았다.

당연한 건지 모르지만 아이들은 누가 가르쳐 주지 않아도
자기만의 잠을 잤다.
자기만의 포즈로 필요한 상태를 마련하여 푹 잤다.

그것은 점점 더 내 마음을 사로잡았다.
그래서 낙서로 시작했던 그림에
어느새 정성을 기울이게 되었다.

이 책은 그 고요한 시간을 담아 보고자 했던
노력의 기록……이면 좋겠지만 10대의 고요함을 담아내려면
그 사이사이에 물밀듯 들이닥치는 거친 시간들 또한
지나칠 수가 없었다.

학교라는 공간의 안과 밖을 오가며
아이들과 마주했던 여러 풍경을 한데 담아
다시금 들추어 본다.

2019년 여름

심야교실 정지은

1부

잠이 오니?

수면의 이유 I

국어는 여러 가지로 어려우니까.

수학은 늘 어려우니까.

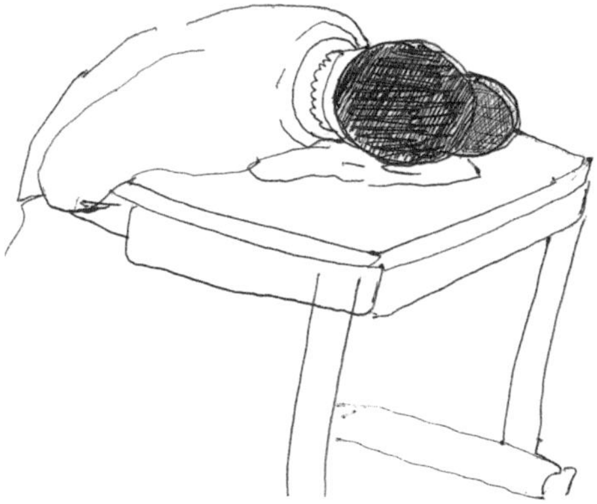

영어는 내 능력 밖이니까.

알고 보니 너……

자는 학생 시리즈의 단골 모델 Q는 오늘도 숙면 중이다.
원래 모자를 쓰고 다니는데 오늘은 맨머리다.
너, 곱슬이구나!

미세먼지와 마스크의 상관관계

아픈 건 아니지만,

실은 아프다.

수면의 이유 Ⅱ

진로 체험의 날,

시청각실 강연 내용이 교실에는 제대로 안 들립니다.

안 들린다고요…….

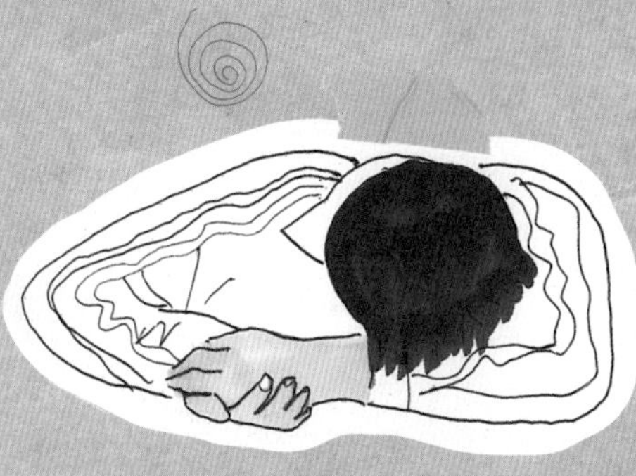

흠. 음향 시설만의 문제는 아닌가?

하지만,

강사가 교실에 들어와서 직접 강의하면

이렇게 잘 듣는 귀요미들.

어떤 질투

3월은 하루하루가 견딘다는 느낌이다.

수업 몇 분 일찍 끝냈더니, 이런 게 보이네.

자율학습 숙면남녀

자는 여학생 책상 위

쥐스킨트의 『향수』 때문에

15년 전 진명여고 1학년 12반 여학생이

떠올랐다. 내게 저 책을 빌려줬던 그녀는

어디서 무엇이 되어 무얼 하고 있을까.

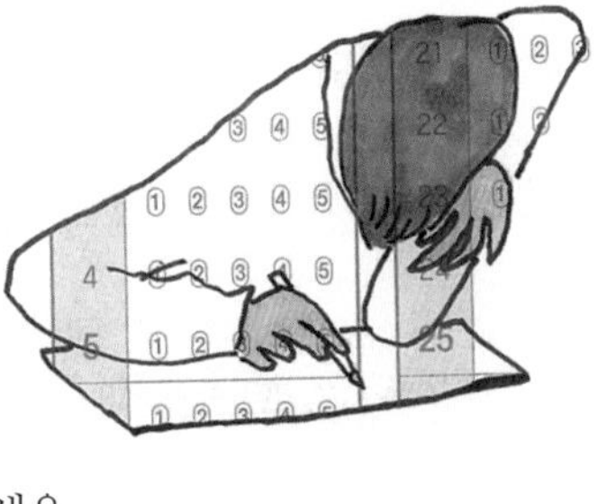

빨리 그리는 실력이 없는 내게,

오래 같은 자세로 잘 것

같은 학생을 고르는 건

중요한 문제다.

그림은 안 빨라졌지만 그런 학생을

쏙쏙 골라내는 능력이 빠르게 늘고 있다.

16세

우리 반 J가 질병 지각을 한 날이었다.

J는 평소와 달리 좀 기운이 없어 보였다.

아직 열이 다 안 내렸는지

발그레한 얼굴을 하고서 교무실로 찾아와

진료 확인서를 제출했다.

습관적으로 성명 및 날짜를 쓱 확인하는,

익숙한 양식이다.

16세?

16세!

그날따라 우측 상단에 씌어 있는 연령에 시선이 꽂혔다.

만 나이로 16세다.

그렇지, 고1이면 16세구나…….

나도 모르게 픽 웃음이 나왔다.

학생들이 갈수록 야무져 가기 때문인지,
가끔 고등학생들의 생물학적 나이를
잊곤 한다.

예상 연령을 대 보라고 하면
보는 사람에 따라 족히 아래위로 열 살을
넘나들지도 모른다.
실제로 고1 교실에는 중학생 같은 느낌의 학생에서부터
스물다섯쯤 되었다고 해도 아무도 의심하지 않을 법한
학생까지 태연하게 앉아 있다.

하지만 실은 16세인 것이다.
이 모든 아이들이 전부.

아직 칭찬 많이 받고,
이루어지든 그렇지 않든 꿈도 무럭무럭 키우고,
바보 같은 짓을 해도 격려와 응원을 받아야 할 그런 나이.

점심 먹고 멍해진 중년의 육체는
새삼스러운 그 진실에 뒤통수를 얻어맞은 채
진료 확인서를 한참 들여다보았다.

남녀 공학의 향기

난 왜 보이지……?

그녀의 진짜 관심은,

문제의 정답 풀이가 아니라 다른 데 있다는 게.

꿀잠의 맛

월요일의 잠자는 아디다스 미녀.

체육 시간 바로 다음,

문법 수업의 맛.

모델 Q에 관하여

수업하러 갔는데 뭔가 허전한 느낌이었다.
뭐지? 늘 앞자리에서 퍼져 자고 있던 Q가 없었다.

"얘 오늘 안 왔니?"
"어? 샘, 걔 퇴학당했는데요."
"퇴학?"

그 반 담임 선생님께 물어보니
정말 퇴학을 당했다고 한다.
황당한 기분이었다.
Q는 작년부터 가르쳤던 학생이다.

가르쳤던 학생,이라곤 하지만 애매하다.
걔가 나한테서 뭔가를 배웠다고는
확신할 수 없기 때문이다.

Q는 늘 자고 있었다.

이마가 두 팔에 파묻혀 있는 깊이와 안정감으로 보건대

모든 시간에 그렇게 자고 있을 것이 확실했다.

복도에서 만나면 Q는 정말 해맑고 반갑게 인사를 했다.

명쾌한 이유가 없이도 누구를 좋아하는 것,

합리적 이유가 없는데도 누군가는 싫은 것……

이런 건 참, 인간관계의 신비로움이다.

왠지 Q에게 정이 갔고

그래서 그의 이름을 꽤 빨리 익혔다.

자습 시간에 나는 움직임 없이 자는 Q를 그리곤 했다.

막상 자습 시간에 잠든 녀석들의 모습을 크로키 하려고 하면

갑자기 자세를 바꿔서 끝까지 그리기는 어려웠다.

Q는 남달랐다. 그는 손놀림이 둔한 나에게

실로 너그러운 잠버릇을 지녔다.

거의 10분 동안 미동도 없이

같은 자세를 유지하는 날이 다반사였다.

그래서 Q는 어느새 나의 단골 모델이 된 것이었다.

그런 Q가, 어느 날 갑자기 사라지고 말았다.

담임 선생님께 자초지종을 물으니 별로 언급을 하지 않으셨다.
학교에는 특유의 문화가 있다. 학생의 안 좋은 사정에
대해서는 가급적 발설을 하지 않는다는…….
의사가 환자의 프라이버시를 지키기 위해
직업상 알게 된 정보를 누설하지 않는 것과 비슷하다.

Q에 대해 알고 있는 것이 거의 없음에도
서운함이 밀려왔다.
이것은 마치 미용실을 꾸준히 다니던 어떤 고객이
한마디 인사도 없이 이사를 가거나 변심을 해서
다음 달부터 오지 않는 것과 비슷하다고나 할까.
Q로서는 그런 것인지도 모른다.
쫓겨난 곳이니 그보다 더 당연한지도.

하지만 나에게는 이상한 일이었다.
무표정해지는 일이었다.
나도 모르게
Q를 많이 귀여워하고
있었나 보다.

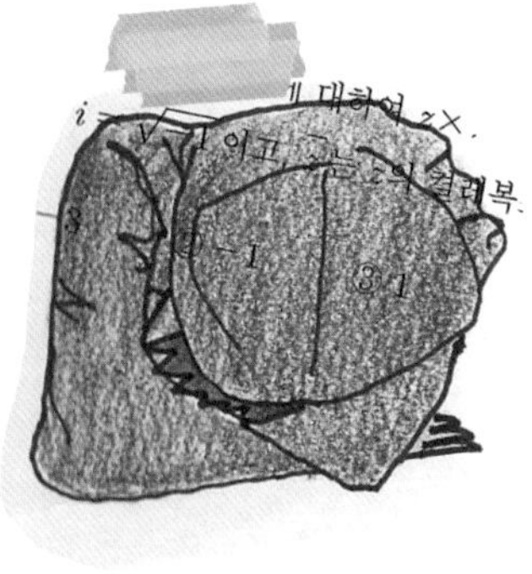

아직까지는

고등학생쯤 되면
어른 냄새 물씬 풍기는 아이들도 꽤 된다.

하지만 누구든 자고 있을 땐
제 나이로 보이거나 심지어 몇 살씩 어려 보인다.

이상한 일이다.
옆에 뒹구는 귀여운 소품에 훗 웃게 될 때도 많다.

백팩은 무채색의 캉골 이런 거 들고 다니면서
필통 같은 소품에서 탄로 나곤 한다.
아직 말랑한 마음, 폭신한 상태.

숙면의 미학

자고 있는 청소년만이 주는 특유의 미감이 있다.
그건 어린이나 아기가 자는 모습과는
또 다른 종류의 독특한 아름다움이다.

자라느라 악다구니를 쓰는 나이.
깊은 잠에 빠져 있을 때만은
고요하고 순수하며
애처로움이라는 향기를 뿜는다.

내가 주는 물

모범생 L과 A마저 책상에 붙은 7교시.
그 낯선 모습 때문에
예전에 누군가에게 들었던 대화가 문득 떠올랐다.

엄마 : (화단에 물 주는 아들에게) 이렇게 비가 많이 내리는데
뭐 하러 물을 줘?
4세 아들 : 이건 내가 주는 물이야.

십몇 년 동안 수없이 칭찬을 들으며
자랐을 것 같은 L과 A에게도 진심 어린
격려가 필요한 게 아닐까.
하늘에서 쏟아지는 비 말고,
누가 가만히 살뜰히 챙겨 주는 물 같은 것.

적당한 시절

G의 자리는 1분단 창가 바로 옆자리.
잠자기에 그만한 명당도 없다.

어느 날, 수업하다 말고 본 모습이다.

난간에 완전히 의지해서 곯아떨어진 모습이
마치 엄마 품에 안긴 신생아처럼 무장 해제 상태다.

분하다.

나는 10대 때 이런 걸 한 번도 못해 봤네.

어서 빨리 40대에만 할 수 있는

나쁜 짓을 찾아야 한다.

다가온다

요즘 문학을 가르치는 게 힘들다.
다양하게 해석할 수 있는 작품의 의미를 한두 가지로,
그것도 확신을 담아
전달하는 게 싫다.

내가 사랑하는 문학을 주어진 대로
가르치는 게 슬플 때가 있다……는
넋두리는 30대 초반에
마무리되었어야 하는 게 아닐까?

실은……
그냥……
방학할 때가 다가오는
것일 뿐인지도 모른다.

정 샘의 메모 #1

고등학생들이 본 나.

'이야기가 있는 요리 책' 만들기 활동에서 어떤 조가 낸 표지.

드라마 〈밥 잘 사주는 예쁜 누나〉를 패러디했다.

젠장, '예쁜'을 빼다니!

2부

무슨 생각해?

조금만 더

알 듯 말 듯 아직은 잘 안 보여.

너를, 조금 더 보여 줄래?

어떤 능력

유칼립투스에 취해 푹 자는 코알라 같은 S.
잠에 취한 이 녀석의 능력과 나이가 보였다.
푹 잘 수 있는 것도 큰 능력임을
이해하지 못하는 나이.

반전

공부하는 거……

맞지?

'아디다스'는 공부를 포기한 마른 체구의
고딩에게 잘 어울린다는 편견이
있었는데, 이날 편견을 깨는
장면을 봤다.
공부 열심히 하는 아이한테도
아주 잘 어울리는군.

신개념 타투

학력평가 시험 감독을 하러 들어갔다.
거의 매 수업 시간마다 나에게 혼나는
Y가 한눈에 띄었다.

Y는 물론 문제를 풀지 않고 있었다.
뭐 재미난 짓 할 것 없나 두리번거리던 Y를 쏘아보자,
그는 순식간에 이렇게 해 보였다.

OMR 답안지에 그려진 타투가 상당히 정교했고
나를 바라보는 무표정과 조화를 이루었다.
국어 시간 망나니 Y의 정체는 타투 영재였다.

수면의 파도

교실에서 잠의 쓰나미가 몰려온다.

그건 어쩌면 의지의 문제라기보다

일종의 자연재해.

자는 존재를 위한 詩(시)

눈을 감는다

교실에서 나는
허리를 펴고
눈을 감는다.

이렇게 자는 건 옳은 것일까.
더 훌륭한 것을 시도해 본다.

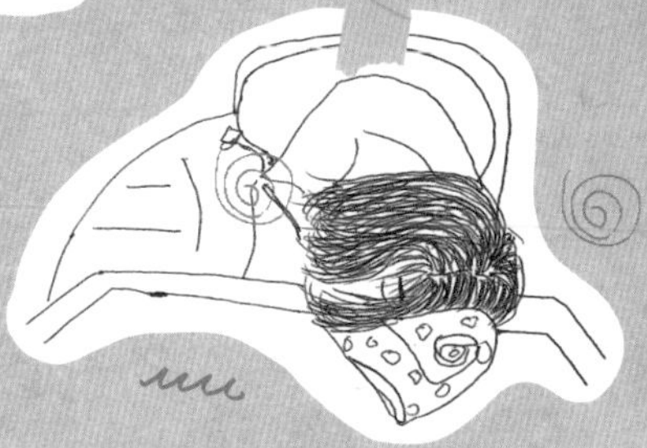

엎드려 고개 숙이는 건
편하지만
비굴하다.

교실에서 나는
허리를 펴고
눈을 감는다.

그것의 앞면과 뒷면에 대하여

정현종 시인의 시 「방문객」을
오랜만에 다시 읽어 보니
이 시를 처음 읽었을 당시와는
느낌이 많이 달랐다.

눈 오는 날 설레면 청춘이고
한숨 나오면 어른이라던데
같은 시가 이렇게 달리 느껴지다니
예전의 난 무엇이었고
지금의 난 무엇인 걸까.

예전에 나를 흔들었던
「방문객」의 앞부분을 다시 읽어 본다.

사람이 온다는 건
실은 어마어마한 일이다
그는
그의 과거와
현재와
그리고
그의 미래와 함께 오기 때문이다
한 사람의 일생이 오기 때문이다

청춘의 노래

고등학생들이 라디오헤드의 〈creep〉은 몰라도

혁오는 많이 알겠지.

블로그 이웃님의 추천으로 알게 된 멋진 곡에

촉촉히 빠져든다.

"요즘 것들이 ○○○도 모르고 말세다, 말세야."

이런 생각을 하게 되는 것은
그 나이 든 사람이 심술궂어서가 아니라
새로 등장한 멋진 것들을 잘 모르기 때문인지도 모른다.

그러니 〈creep〉도 모르는 세대들과
이 세상을 살아가야 하는 일이 진짜 두려웠던 나였지만,
그렇게 한숨 지을 필요 없다는 안심이 든다.

갓 나왔더라도
보편적 진실을 담고 있는 것들을
내게 알려 주는 사람들이 계속 있어 준다면.

고등학생들은 반대로,
혁오도 모르는 담임 선생과 일 년을 보내야 한다니 하면서
공포를 느꼈을지도 모르는 것이다.

무료 관람

내 너를 반드시 이겨 보겠어!

창체 시간에 들어갔더니 1반에서 팔씨름이 한창이었다.
평소 말 한마디 없이 우직하고 선량한 '청소년 소' 같은
D의 얼굴이 승부욕으로 달아올랐다.
나는 "다들 조용히 하고 1분 내로 자기 자리로 이동!"이라고
말하면서 속으로 열렬히 D를 응원했다.

남자 고딩들은 여러 가지로 말썽을 피우지만,
또한 이렇게 역동적인 즐거움도 준다.

디지털 네이티브

자습 시간에 휴대폰에 몰입하고 있는
아이들 모습을 보면 궁금해진다.
스마트폰과 SNS 시대의 이 학생들은 유혹을 견디기가
얼마나 힘들까.
아닌가.
태어날 때부터 그런 환경이었고,
어차피 동년배가 다 마찬가지 상황이니까 상관없나.

하긴, 내가 지금
남 걱정할 때가 아니지.

먹방 예고편

야, 이따가 살 거 정하자
일단 신라면 두 개
난 육개장 컵라면
야, 봉지 라면으로 통일해, 너구리 두 개 추가
스낵면 한 개
스낵면은 끓이는 시간 다르지 않냐?
계산해서 넣으면 되지

귀찮은데…… 알았어, 다음!

우리가 세 명이니까 최소 일곱 개는 사야지, 두 개 더 해 봐

짜파게티 먹고 싶다

븅신 집에서 따로 먹어

진라면 매운맛 한 개 이제 하나 남았다

야, 그냥 진라면 두 개로 해, 그리고 난 냄비를 준비한다

너희가 라면을 나눠 산다

뭐 이 새끼가 날로 먹을라 하네

날로 먹다니, 너네 집에 라면 일곱 개랑 계란 다섯 개

한꺼번에 들어가는 냄비 있냐?

아, 알았어. 그럼 난 물을 준비한다, 남은 건 이제 너,

너가 라면 산다

뭐? 이 양아치 새끼들이!

뒷모습

아이들이 자는 모습은,

움직임이 적어 그림 그리는 시간을 벌어 준다.

그러다가 깨어 있는 상태를 그리기도 했는데

주로 뒷모습을 그리게 되었다.

앞모습보다는 뒷모습이 훨씬 단순하고 그리기 쉬우니까.

엄연한 팩트지만 문득,

뒷모습과 자는 모습을 선택했던 게 그 때문만은 아니었음을 점차 알게 되었다.

아무리 드세고 거친 청소년도
잘 때만큼은, 그리고 뒷모습만큼은 곱고 연하다.

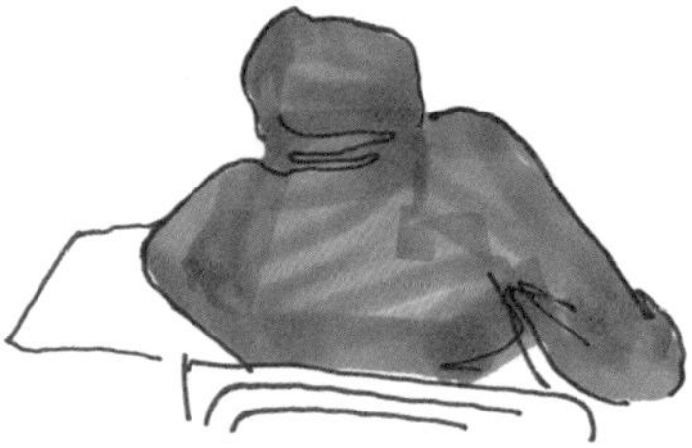

주번의 우아함

종례하러 교실에 들어간 그날,
나는 깜짝 놀랐다.
교실이, 특히 교탁과 칠판 주변이
몹시 깨끗했기 때문이다.

모든 것이 반짝반짝 빛나고 있는데,
거의 비현실적이었다.

그 주 주번은 M과 I였다.
둘 중 한 명만 섞인 주번 콤비만으로도
남다른 교실 환경이 예상되는 그런 자들이다.
그런데 그 능력자들은 번호가 붙었다는 것 때문에
같은 주에 주번이 되어
그런 희귀한 풍경을 만들어 냈다.

고등학교에서 주번 같은 건, 뭐……
대충 정해진 루틴을 하는 척만 하다가
기간이 지나면 슬쩍 넘기는 거 아닌가?
나도 좀 그랬던 것 같고.

하지만 종례 때 하려던 말이 뭐였는지
잠깐 잊어버릴 만큼의 굉장한 상태를 보니
자기 공간을 청결하게 유지하는 건,
성실함을 넘어선 영역이라는 생각이 들었다.

말하자면 이건
우아함의 발로라고 할 수 있는 것이다.

물걸레로 말끔하게 닦아 놓은 칠판과 칠판 선반,
반듯하게 배치한 칠판 지우개에
눈길이 오래도록 머물렀다.

教室阿修羅場(교실아수라장)

20분간의 자율학습 시간은
그야말로 아수라장이었다.
그 와중에 몇몇 득도한 학습자들이 있었다.

오늘 3반에서 본 멋진 모습.
그 아이는 아수라장이 된 교실에서도
자기만의 공부를 하고 있었다.
그건 마치 자연의 중력을 거슬러 오르는 분수 같았다.

아수라장은 잊고
전반부의 집중과 득도한 도인들만을 기억하고 자야지.
오늘 밤은, 좋은 것만 생각하면서 잠들어야지.

정 샘의 메모 #2

한여름 밤의 우정이란 이런 것.

친구의 모습을 정성껏 그려 본다.

3부

깼니?

성공 100퍼센트 다이어트

추석 연휴가 끝나고
교직원 식당에서는 이런 대화가
오갔다.

"아, 어떡해요. 연휴 때 3킬로나 쪘어요."
"걱정 말아요. 1반이 며칠 만에 원상 복귀시켜 줄 테니까요."
"1반요?"
"네. 1반의 S가 사흘 연속 등교만 한다면 바로 원상 복귀시켜
시켜 줄 겁니다."

극한 직업의 교사,

연휴가 끝났고

'다이어트적' 업무가 시작되었다.

'그냥 무협지'에 대하여

"어? 뭐 읽어?"

"아, 이거요. 그냥 무협지예요."

"그냥 무협지라니, 왜 그렇게 말해?"

"네? 아니 이게 그냥 무협지……라서."

"제목이 있을 거 아냐. 그건 '너 어느 대학 다니니?' 하고 누가 물어보는데 '아, 그냥 4년제요.'라고 말하는 거나 마찬가지야. 작가에 대한 실례다."

“윽. ㅋㅋㅋ 그래도 이게 그냥 무협지인데.”

“아니 글쎄. 제목이 뭐냐니까.”

“○○○○요.”

“제목도 멋지네. 재밌어?”

“네, 재밌어요.”

무협지 작가를 존중하지 않았다기보다는,

국어 선생님은 ‘무협지’라는 장르를 소름 끼치게

하찮게 여길 것이라는 생각에서

나온 말이었을지도.

아이들이 e-book을 꽤 읽고 있다는 것을 알게 되었다.

‘그냥 무협지’ 읽던 B뿐 아니라 오늘 독서 토론 멘토링반에서

만난 H도 e-book으로 읽은 책 이야기를 했다.

자기 앞의 生(생)

J는 자기만 거실에서 잔다고 했다.
'거실에서'가 아니라 '나만'이 핵심이었다.

왜?

물어보니, 모르겠다고 했다.
딱히 그런 것을 물어볼 분위기가 아니라고 한다.
부모님도, 언니도, 오빠도 다 자기 방이 있고
거기서 잠을 자는데 자기만 거실에서 잔다고 했다.
이번에 오빠가 군대에 가면,
그럼 자기가 방을 차지할 수도 있지 않을까 싶어
조금 설렌다고 했다.
하지만 왠지 그렇게 안 될 것 같기도 해서
불안하다고도 했다.

선불리 판단할 수는 없지만,
들어보니 J의 상황은
미심쩍은 구석이 여럿 있었다.
무엇보다 중요한 건
J가 기본적으로 신뢰를 주는
선량한 학생임에도
약간 정신줄을 놓는 것으로 보이는
순간이 점점 많아진다는 점이었다.

그 때문에 면담하게 된 건데
면담을 하고 나니 뭘 해결하기는커녕
대화를 나누기 전보다 모든 것이 갑갑해지고 말았다.

예전에 나이 지긋하신 동료 선생님께서
해 주신 말씀이 생각났다.

"안됐다고 생각하지 말아요.
우리가 모든 걸 해결할 수는 없어요.
누구라도 그런 능력은 없어요.
아이들은 생각보다
강인할지도 모릅니다."

인성 검사

1 나는 사람들의 이름을 잘 기억하는 편이다.
2 어려운 일을 당했을 때도 좀처럼 포기하지 않는다.
3 남의 의견이나 생각에 대한 비판을 되도록 하지 않는다.
4 나의 성격은 활발하고 떠들썩한 편이다.
5 나는 성격은 좋은데 좀 덜렁거린다는 말을 듣는다.

6 모임에 나가면 비교적 사람들 앞에 나서는 편이다.
7 건축설계보다 소설 쓰는 일이 더 재미있을 것 같다.
8 나는 피곤해 보인다는 말을 자주 듣는다.
9 무엇을 해도 별로 재미가 없거나 즐겁지가 않다.
10 왜 그런지 모르게 불안한 느낌이나 두려움을 느낄 때가 있다.

11 우리사회는 변화와 개혁을 추구하는 사람들이 더 필요하다.
12 나는 다른 사람들이 뭐라하든 흔들리지 않고 내 생각대로 인생을 살아가는 편이다.
13 다른 사람과 이야기할 때 내 생각을 우선 정리하고 말한다.
14 다른 사람들이 나를 싫어하지 않을까 하고 걱정할 때가 있다.
15 사람들이 적고 조용한 곳보다 사람들이 많고 떠들썩한 곳에서 살고 싶다.

16 가끔 이런 생각 저런 생각에 잠을 못 이룬다.
17 상대가 나쁘다고 생각되면 따끔하게 꾸짖는다.
18 나는 자주 놀러 다니는 편이다.
19 어려운 상황에 대비하여 미리미리 계획하고 준비한다.
20 갑자기 많은 사람들이 한꺼번에 나를 쳐다보면 당황한다.

21 길 가다가 화가가 그림 그리는 것을 보면 좀 구경하고 가겠다.
22 연극이나 음악, 오페라 등에 대하여 글을 쓰는 일이 재미있을 것 같다.
23 거칠고 반항적인 사람보다 예의바른 사람과 어울리고 싶다.
24 사람들의 비판을 받으면 매우 실망에 빠진다.
25 국가에서 발표한 내용은 거의 믿어도 좋다고 생각한다.

26 각종 사회활동 모임에 즐겁게 참여한다.
27 방은 항상 깨끗하게 정리하고 무엇이든 곧 찾을 수 있게 해 놓는다.
28 항상 나의 감정을 잘 다스릴 수 있다.
29 물건을 만들어 내는 업종 보다는 서비스를 제공하는 업종이 마음에 든다.
30 내가 계획했던 목표는 항상 이루어 냈다.

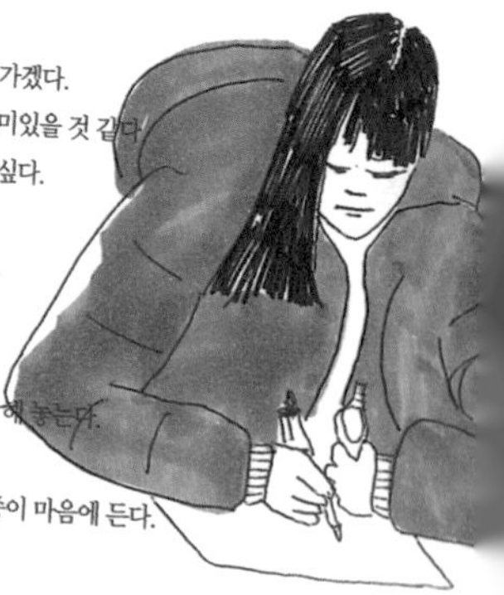

다요인인성검사

누구는 대충대충,

누구는 진지진지.

너의 잠, 너의 의미

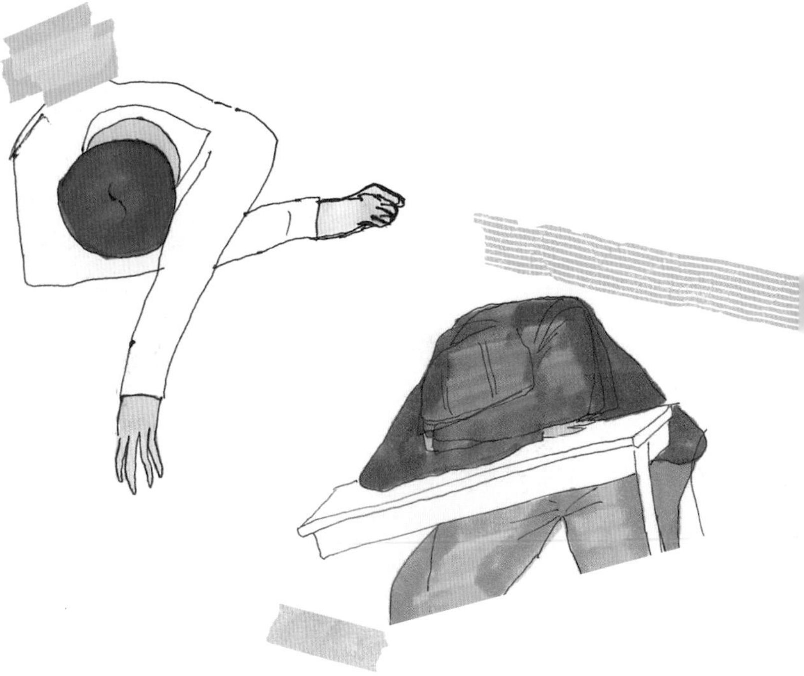

자는 모습이 유난히 특별한 느낌을 주는 경우가 있다.

평소 내가 그 학생을 어떻게 생각했는지,

나와의 관계가 어땠는지와 무관하게.

그래서 그림으로 그리고 나면 그 애에 대한 내 마음이

그 이전과 다르게 긍정적으로 바뀌고 만다.

의외의 전개

P는 문과 남자 학생이다.
그는 작년 말쯤에 나한테 무슨 책을 읽으면 좋을지
조언을 구했다.
내 수업은 물론 다른 수업도 들을 리 없는 것이
확실한 녀석이었다.

P에 대해 아는 것은 아무것도 없었지만
나는 녀석이 자기 나름의 어두움과
자기 나름의 자존감을 가진 존재라는 것쯤은
짐작할 수 있었다.
공부를 안 하지만 자신이 공부를 안 하는 사실을
깨끗하게 인정하고 예의는 지키는
근육질의 이놈에게는 뭔가 심플한 매력이 있었다.

“『사부의 요리』를 읽어 봐. 이연복이라는 셰프가 쓴 건데,
자기 얘기를 허심탄회하게 하고 있어서 재밌어.”

P가 정말로 그 책을 읽을 줄은 몰랐다.
그러나 P가 그 책을 정성껏 읽는 것을 매 시간마다 보다 보니
그것이 너무나 아름답고 자연스러워 보였다.
P는 내 시간에 수업을 듣는 대신 『사부의 요리』를 읽었다.

물론 다른 짓도 했을 것이다.
휴대폰 게임도 하고
판타지 소설을 읽었을지도 모르겠다.
학생들이 나라는 인간에 대해 온전히 알 수 없듯
나도 학생들을 다 알 수는 없으니까.

그러던 얼마 전, P는 나에게 놀라운 질문을 했다.
“선생님, 책을 팔 수도 있어요?”
“팔 책이 있어?”
“네. 『사부의 요리』 다 읽었는데 팔고 싶어서요.”

나는 P가 더욱 기특하게 여겨졌다.

책을 도서관에서 빌린 다음 반납하기만을 반복하는 학생과

얼마나 다른가.

국어 선생님에게 추천받은 책을 턱 사 버린,

어쩌면 최근 5년간 교과서를 제외하고

본인 돈으로는 처음 샀을지도 모르는

그런 구매를 해 버린 이 열여덟 살 남고생이

이젠 그 책을 팔 생각을 하는 것이다.

이런 게 좋다.

P도 언젠가 정말 마음에 드는 자신만의 책을 알게 된다면
그 책은 되팔지 않겠지.

그런 책이 뭐가 될지 궁금하다.
나는 녀석에게 알라딘 중고 서점에 대해
자세히 이야기해 주었다.

P가 멀지 않은 시기에, 정말로 지하철을 타고
알라딘 중고 서점에 갈 것이라는 생각이 들었다.

이국적 매력

이 아이들은 완전히 다른 세대구나.
갈수록 그런 느낌을 많이 받는다.
뭐랄까……
일본인, 중국인, 한국인이
다 같은 동양인이지만
너무나 다르듯이.

굳이 입을 열어 언어가 다름을 확인하지 않더라도
숨만 쉬고 있어도 다른 자세, 다른 표정.

패션 스타일과 목소리 크기도 달라서

'외국인이구나' 싶은 그런 것.
학기 초에는 괴리감 비슷한 기분을 주로 느꼈는데 희한하게
2학기 들어서는 이국적 매력을 느낀다.

그러므로, 요즘 내가 해야 할 일은
SNL 급식체 복습과 휴먼 급식체 정독.
나는 10대 외국인들과 매일 생활하는
그런 사람이니까.

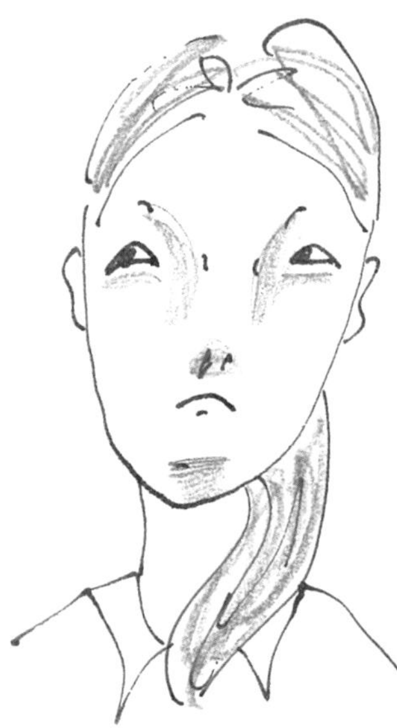

실은 부러웠다.

뜨거운 아이스아메리카노에 대하여

"야, 너 정말 어쩌면 일 년 내내…… 오늘은 왜? 또?"

같은 교무실에 있는 선생님 반의 T였다.
담임에게 찾아와 조퇴하려는 모양이었다.
결국 T는 조퇴를 했는데 나가기 전에 이런 말을 했다.

"선생님, 저를 너무 미워하지 말아 주시라고요.
저를 좀 괜찮게 봐 주시라고요."
그 상황에서 그런 말을 듣자니 아이스아메리카노가 생각났다.

"저는 따뜻한 아이스아메 한 잔 부탁해요."

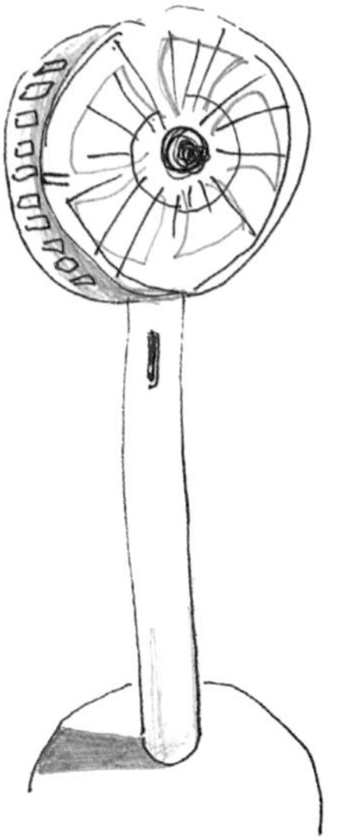

실제로 어느 카페 알바생이
손님에게 받은 주문이라고 한다.
기사 보면서 과장도 심하시네,
했지만 함부로 평가한 것을
뉘우친다.
업계가 달라지고 워딩이 다를 뿐
싱크로율 99퍼센트에 달하는
대화를 듣고 나니까
뭐, 참, 이게 참.

잊고 있는 줄 알았던
인터넷 댓글 유머도 생각났다.
"아니, 전 그레이 주문했는데 왜 회색이 온 거죠?"

그런데……!

언젠가부터 내가 은근히 주변 사람들에게 요구했던 것의
실체를 깨닫고 말았다.
그건 바로 따뜻한 아이스아메리카노가 아니었던가!

이봐, 나는 입이 델 정도로 뜨거운 아이스아메리카노를
원한단 말이야!

하지만 정말 세상 어딘가에는 뜨거운 아이스아메리카노가
있는지도 모른다.
다음 해는
뜨거운 아이스아메리카노의 나날이 되기를 소망해 본다.
내게 뜨거운 아이스아메를 건네는 어떤 사람,
어떤 것이 오기를.

너와 나의 대단함에 대하여

창체 지도는 늘 따분하다.

방송으로 송출되어 나오는 교육 내용을 들으면서

녀석들을 그려 보았다.

와, 단 한 명도 똑같지 않다.

신기한 일이다. 성격도 모두 다르다.

그렇게 다른 성격의 사람들이 서로를 견딘다는 게 대단하다.

물론 자기들 어느 누구와도 같지 않은
나란 선생을 견디는 것도.
이 모든 다른 학생들을 견디는 나 자신도.

학교란 사실 대단한 곳이구나.

이생망

너도 망했고 나도 망했고
우린 다 망했다.

요즘 10대의 지배적인
정서라고 한다.
일리가 있어 보였다.
근데 그 일리와 별개로
참 다행스럽게 생각되는 건, 아무리 이생망 고딩이더라도
그들은 절대,
직장도 있고 결혼도 했고 차도 있고 집도 있는 '기성세대'를
부러워하진 않을 거란 사실.

큰 꿈 없이 소소한 즐거움만을 추구하는 게
요즘 애들 특성이라고 한다.
큰 꿈을 꾸는 것 자체가 불가능한
시대에 그것은 당연한 일일 테다.

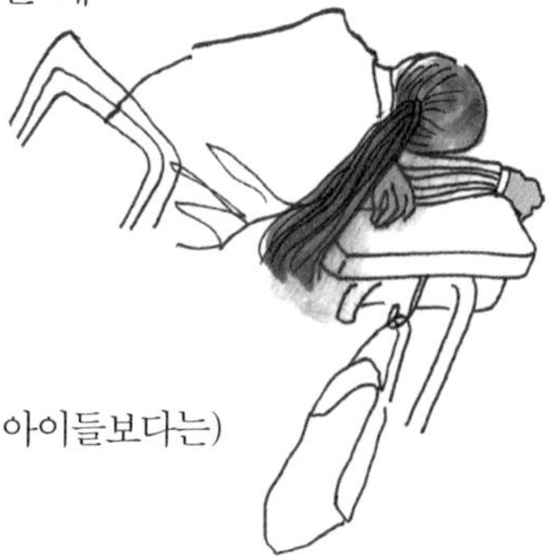

내가 청소년이었을 때는 확실히 (요즘 아이들보다는)
허황될 정도로 큰 꿈을 꾸긴 했다.
하지만 그런 우리를 보고 조상님들은 '호랑이 한 마리도
때려잡지 못하는 나약한 놈들'이라고 걱정했겠지.

추천해 주었던 책을 진짜로 읽고 온 아이들이
나에게 말을 건다.
"선생님, 『흡혈귀』 읽었는데요. 그게 왜 작가가 독자한테
장난친 거라는 거예요?"
"쌤, 『용의자 X의 헌신』 쩔어요. 와, 반전, 와……."
"얘가 쌤한테 질문 있대요. 『칼의 노래』 물어본대요."
"선생님, 『기사단장 죽이기』 읽을까요, 말까요?"
"쌤, 『잠』이 진짜 그렇게 재미있어요?"

아이들은 실은, 잘 지내고 있는지도 모른다.

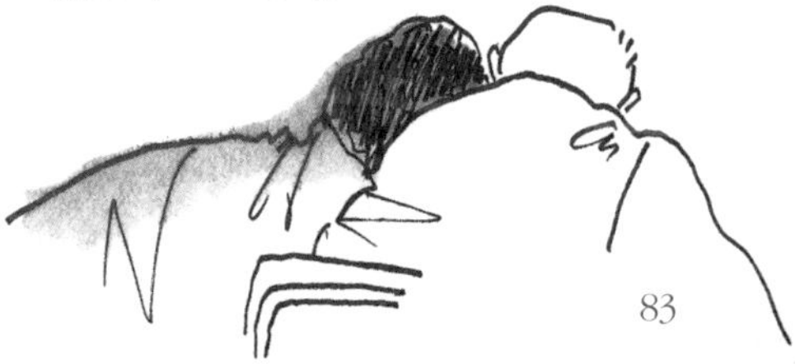

시무룩

연휴가 꼭 좋지만은 않다는 걸 모르는 나이.

그리고 난,

10대를 그런 식으로 쉽게 단정 짓게 되는 나이.

연휴이건 아니건

사람은 다 자기 나름대로 시무룩한 이유가 있을 거다.

정 샘의 메모 #3

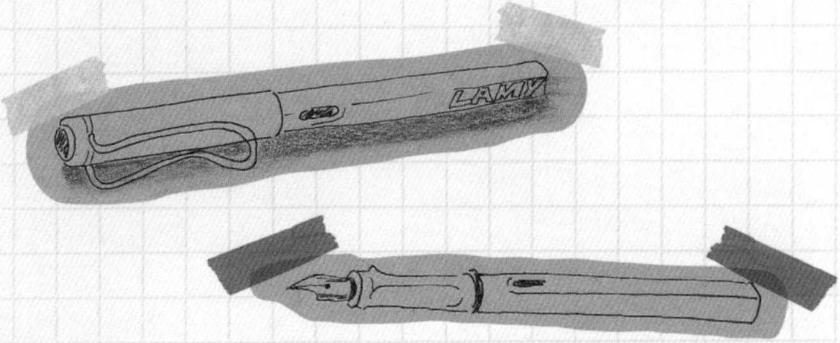

라미 만년필은 어쩌다 교실에 두고 나와도

꼭 학생이 가져다준다.

트라디오펜을 만나기 전까지는 인생 필기구였다.

이제 넘버2가 되긴 했지만, 이게 만약 트라디오펜이었다면

학생들이 그렇게 잘 찾아 주지는 못했을 것이다.

레드와 옐로, 두 가지 라미 모두 학생들은 그 선명한

색 때문에 기억해 주고 꼭 나한테 가져다주는 것이다.

라미 만년필을 볼 때면

이걸 찾아다 준 애들 얼굴이 떠올라서 기분이 좋아진다.

4부

또 자니?

급식체로 물타기

RGB 케이블 선들을 정리하다 말고,

'아니, 21세기 학교에서 이게 다 뭐야.' 싶어서 그려 보았다.

어이 어이,

이 징그럽고 거추장스러운 것을 뭔가의 상징으로

생각하지를 말어.

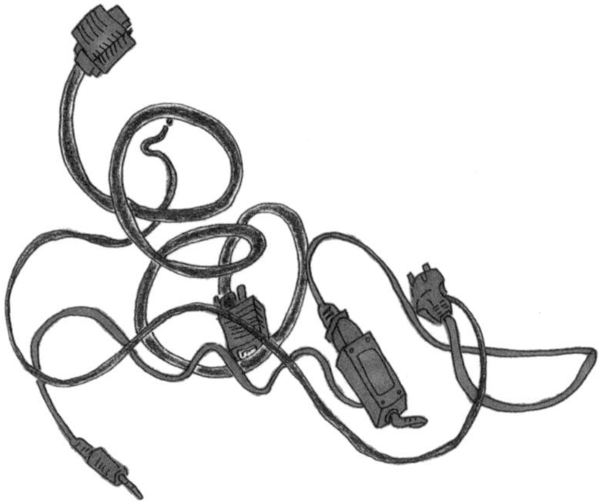

그냥 오늘 수업 재미있게 했으면 그걸로
팔자 주름지게 웃자고.
담백하고 심플하게.

그런 의미에서 최근 '대화의 원리' 수업하면서 아이들한테 배운
급식체 단어들로 이 마음에 물타기를 해 보자.

톤그로
롬곡옾눞
JMT
법블레스유

나만 가르쳐 대다가 애들한테 배우니까
이것 참 즐겁다.
아이들도 즐거워하는 것 같다.

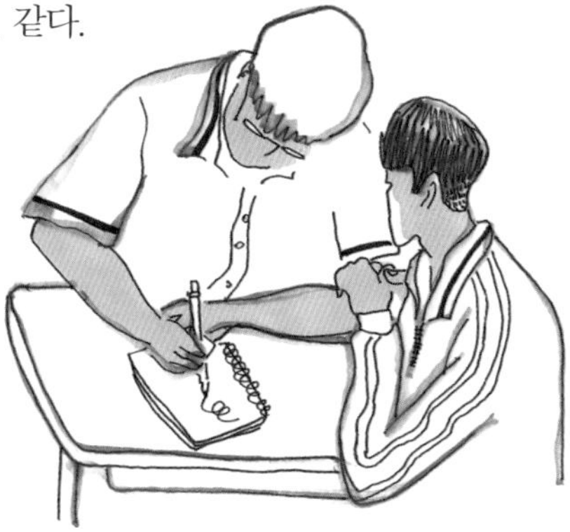

그 녀석의 어둠

오늘 K가 내게 들춰 보인 어둠.
그것은 나에게 내지른 어둠이 아니었다.
개인적이고 특수한 존재인,
나라는 사람에게 향하는 어둠이 아니었다.
교사, 성인 혹은 여성 등 자신과 대척점에 있다고 생각되는
집단에 발사하는 어둠이었다.
그 눈과 표정이 말했다.

당신이 뭘 아는데?
당신 같은 인간들은 어째서 그딴 태평한 질문이나
하고 있는데?

쉽게 짐작할 수 없는 깊이와 강도의 어둠이 느껴졌다.
허여멀거니 잘생긴 외모는 그 어둠에 사로잡혀
아무런 빛도 나지 않았다.

경기도 한 동네,

7세 남짓 어린이의 끔찍한 피살 보도를

접한 아침이어서였을까.

교실에서 K가 내뿜는 적대감,

그 건조한 어둠이 긴 역사를 지녔을 거란 생각이 들었다.

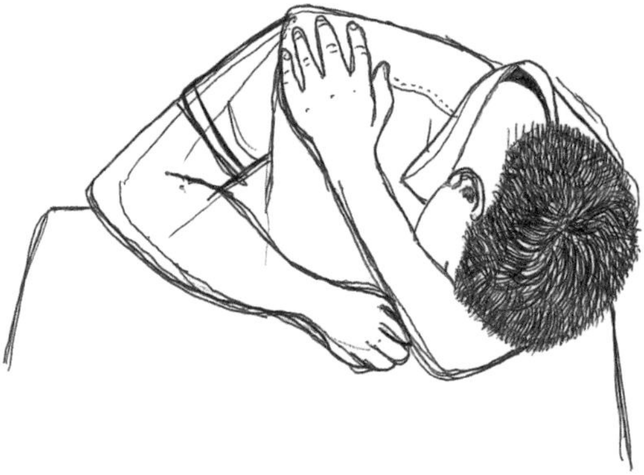

사람을 공시적으로 바라보지 못하고

통시적으로 바라보게 되는 이 직업은

이럴 때 나를 어둡게 만든다.

그러나 생각하지 않을 수가 없다.

십여 년 전 그의 일곱 살은 어땠을까.

그가 오늘 등교하며 나선 집은 어떤 곳일까.

일곱 살 어린이의 실현되지 못한 생애엔
분명 한두 명일지라도,
아주 사소할지라도 어떤 은혜로운 존재가 등장할
가능성이 있었을 텐데.
순서만 바뀌어서 그런 인연이 먼저 찾아왔다면
뭐가 달라질 수 있었을까.

K가 내게 보이고 싶어 하지 않는 어둠의 실체.
오픈한다 해도 어쩌면 내가 감당할 수 없는
열일곱 살 먹은 K의 역사에 대해 생각했다.

한 학기 한 권 읽기

2015 개정 교육 과정에서
유일하게 매력적으로
다가오는 부분이다.
한 학기에 한 권 읽기라니.

정말 그렇게 해 보자.
한 권이라도 제대로 읽는다.

한 학기에 한 사람이라도 제대로 알아 간다.
한 학기에 한 학생이라도 제대로 가르친다.

언뜻 소박하고 단순해 보이지만 실은 어렵고 굉장한 것.

별것 아닌 것 같지만 도움이 되는

다시 또,

패딩의 계절이 무르익는다.

나 또한 두껍고 시커먼 패딩에 심신을 묻어 본다.

아이들이 이 저승사자 룩을

애용하는 이유는 나와는

좀 다르겠지만.

전기수의 컴백

조선 시대에는 '전기수'라는 것이 있었다고 한다.
책 자체가 귀한 데다 문맹률이 엄청났던 그 시절 사람들에게
책을 읽어 주고 돈을 받는 직업이었다.

흘러간 역사 속 직업인 '전기수'에 대해 국어 시간에 말하면
몇 년 전만 해도 학생들이 신기해하거나 피식피식 웃었고
나 역시 그런 기분이었다.

그런데 점점 상황이 달라져서
이젠 신개념 전기수를 심심치 않게 보게 된다.
팟빵이나 유튜브 등 여러 매체에서
책 읽어 주는 콘텐츠가 다양해지고 있기 때문이다.

책이라는 매체에 거부감이 있는 사람은 물론이고
책을 좋아하는 사람조차 그런 서비스만이 주는 다정함에

녹아들기 쉽다.

사실 이야기는 원래
구비전승되던 것이었다.
우리는 문자와 종이책이
익숙하고 휴대폰이나
컴퓨터 화면을 통해 보는
문자 텍스트가 당연하다고 생각하지만
실은 인류는 문자가 발명되기 훨씬 이전부터
누가 말해 준 걸 듣고, 그걸 다시 또 누군가에게
말해 주며 살아왔다.

한마디로 말해
이야기를 읽는 것보다 듣는 편이
우리에게 훨씬 더 익숙하고 자연스러운 행위인 것이다.

개정 교육 과정에 의한 '한 학기 한 권 읽기' 수업을 위해
학생들과 나는 심사숙고했다.
나는 다양한 선택지를 마련했고
학생들은 자신이 선택한 한 권의 책이라는 것 때문인지
되도록 통독하려고 애썼다.

그러나 완독 후 당당하게 엎드려 휴식하는 학생도 있었고
읽다가 자기도 모르게 스르르 자는 학생도 있었다.
책을 수면제 삼아 잠든 학생들을 보며
내가 전기수가 되는 상상을 해 보았다.

'좋아요'와 '구독'의 세계에서 학생들은
이미 많은 전기수를 만나고 있겠지.
그런 생각을 하다 보니 알지도 못하는 전기수들에게
몹시 질투가 났다.

완독과 꿀잠

완독 후 꿀잠 중.

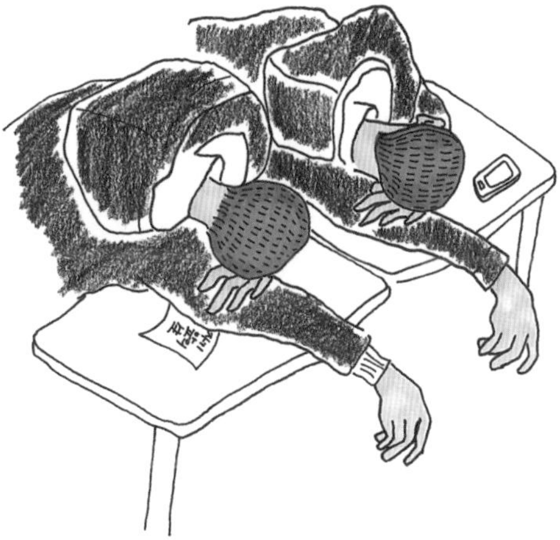

그러나 완독한 자만이 꿀잠을 잘 수 있는 것은 아니다.

책 읽다가 스르르 잠들어 깊은 잠에 빠지는 것도

달콤한 독서 경험 중 하나이므로

몇 분간은 존중해 주는 걸로.

롱패딩 시즌 I

겨울 방학 때 쓴 독서록을 생활기록부에 기록해 달라고 온 롱패딩 언니들.

"야, 너네 참……." 했더니 자기들도 웃는다.

"쌤, 저희도 좀 쪽팔리긴 해용. 으 ㅋㅋㅋ"

"근데 왜 그렇게 대유행인 거 같아?"

"그게요, 음…… 읔ㅋㅋㅋㅋ"

롱패딩 시즌 Ⅱ

이쯤 되면 와……

롱패딩 파라다이스?

롱패딩 헬?

롱패딩 밭?

뭐가 가장 적합할까.

못생긴 포즈의 마스크

늘 블랙 미세먼지 마스크를 쓰고 다니는 O.

O는 사실 서글서글하게 잘생긴 얼굴이다.

'어디 날 한번 건드려 보시지,

내가 아주 드라이하게 대해 줄 테니까.'

하는 그 독기 어린 표정에 가려서 잘 느끼지 못할 뿐.

"너, 그 마스크 좀 벗으면 안 돼?"

교무실에 와서 다른 선생에게 볼 일을 보는 O에게
내가 말했다.
물론 선생의 그런 말 따위로
주구장창 미세먼지 마스크를 애용하는 O가
마스크를 벗을 거라곤 기대하지 않았다.

고1이 온종일 마스크를 착용하고 있는 데에는
그 나름의 견고한 이유가 있는 법이니.
그러거나 말거나 O가 내 말을 듣건 말건
올해가 가기 전 진심을 말하고 싶었는데
마침 기회가 좋았다.

O는 내 수업 시간엔 거의 잔다.
모처럼 그가 깨어 있다고 해도
나란 선생은 에너지 유지 차원에서
절전 모드가 될 때가 있는데
공교롭게도 O가 눈뜨고 있을 때는
내가 절전 모드였다.

절전 모드라고 함은,

그런 때의 나란 선생은 각종 부조리나 오점을 못 본 척한 뒤

학교에 존재하는 드물디드문……

꿀, 그리고 귀하디귀한 꽃에 주목한다.

물론 목적은 오로지 나 자신의 복지다.

하지만 그날만큼은 O가,

그의 멋진 눈동자와 잘 매칭되는 하관을 드러냈으면 했다.

그래서 담담하게 말했던 것이다.

놀랍게도 O는 내 말을 듣자마자

아무런 말 없이

마스크를 훌렁 벗어서 주머니에 넣었다.
그러자 평소 그가 내뿜던 긴장과 독기가 사라지고
만 16세다운 서글서글한 맨얼굴이 나왔다.

물론 그다음에 이어진 내 수업 시간엔
역시나 숙면 모드를 유지했다.
오랜만에 마스크를 벗고 있어서
그 못생긴 자세의 못생김을 간직할 수 있었다.

불안은 영혼을 잠식하고

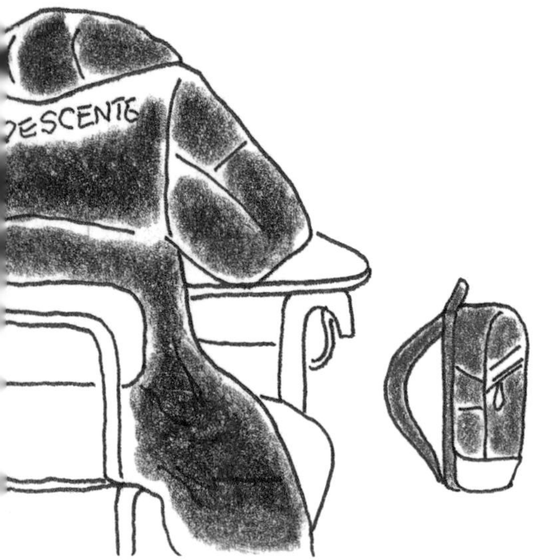

불안은 영혼을 잠식하고, 드로잉은 불안을 잠재운다.

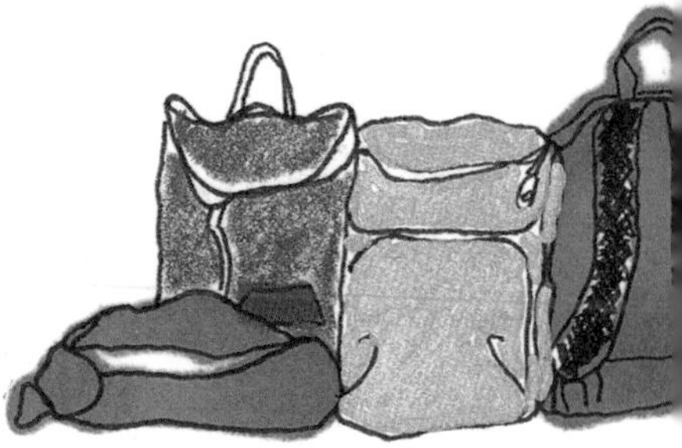

블랙 롱패딩 열풍이 춘추전국시대로 접어드는 요즘,

간간이 화이트 롱패딩이 보인다.

그래도 역시 기본은 블랙.

수능 시즌

수능이 코앞에 다가왔다.

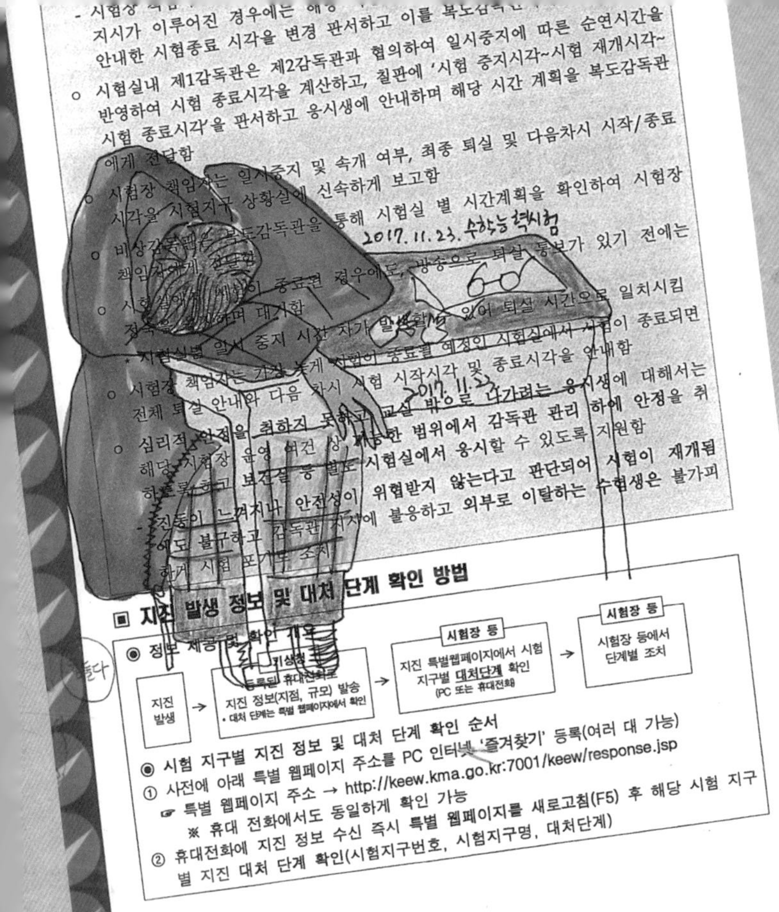

누가 감독을 하든지 간에 수험생들이 자기 실력을

실컷 발휘하기를.

긴장되거나 떨리더라도 자신을 믿어 보기를.

벌과 함께
– 2019학년도 수능고사장 실화

믿고 싶지 않았지만 보였다.

수능 영어 듣기 방송이 막 시작되려는 때였다.

고사장 천장에 매달린 선풍기를 향해 벌이 비행하고 있었다.

손가락 한 마디 정도 되는 크기의 벌은

얌전히 선풍기의 외부 프레임에 착륙했다.

수험생들도, 부감독도 못 봤는지 다들 태평했다.

나도 태평함을 유지하려고 애썼다.

제발 듣기 평가 끝날 때까지만이라도 움직이지 말아 줄래?

벌은 신기할 정도로 미동도 없이 영어 듣기 평가에 임했다.
듣기 평가가 끝난 뒤에도
그 자리가 마음에 드는지 움직이지 않았다.
나는 수험생들도 주시하고 있어야 하므로
어느 정도 시간이 지나자 벌에 대해 잠깐 잊었다.

한참을 지난 후 시험이 십여 분 남았을 무렵,
문득 생각나서 선풍기를 보았다.
그 순간 오싹해졌다.

모든 창문과 문이 닫혀 있는 교실인데
벌은 아까 그 자리에 없었던 것이다.
물론 날아다니고 있지도 않았다.

아직 시험이 끝나지 않았는데 갑자기 교실을 날아다닌다면?

상상하고 싶지 않았다.
그러나 벌은 결국 누구의 눈에도 띄지 않는 자비를 베풀었다.
나와 내가 있던 고사장의 수험생들은
벌과 함께 수능을 치른 것이다.

벌과 함께한 긴장되는 시간을 견디고 나니
겸손해지고 착해지는 기분이다.
미처 알지 못하는 다행인 것들,
고마운 것들의 도움으로 별일 없이 하루가 지나간 것이구나.

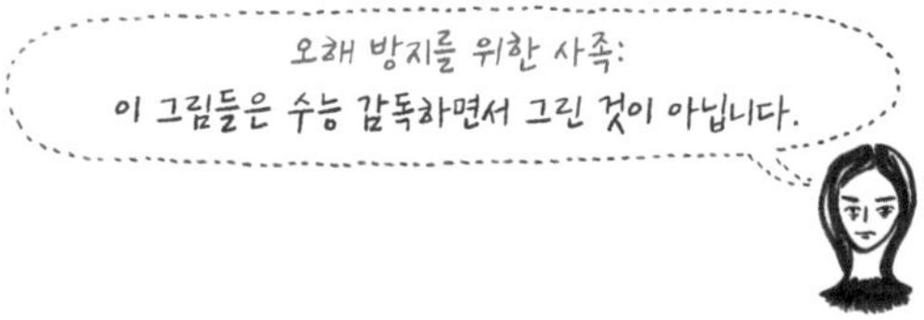

정 샘의 메모 #4

출근하자마자 퇴근하고 싶은 날이다.

매일 그렇지는 않다고 해 두겠습니다.

부록: 정 샘의 내 맘대로 차트쇼

잠 깨는 책 BEST 5

1. 『세상에서 가장 약한 요괴』 (김동식 지음, 요다)

숙면을 취해야 하는 상황이라면 이 책은 절대 펼치지 말 것. 한 장도 안 읽는 건 쉽지만 한 장만 읽는 건 쉽지 않다.

2. 『이상한 도서관』 (무라카미 하루키 지음, 양윤옥 옮김, 문학사상)

만약 당신이 뭘 읽은 후 반드시 주제나 교훈을 찾아야 직성이 풀리는 독자라면 이 책 제목은 당장 잊어라. 그러나 읽고 있는 동안만큼은 잡생각 안 들게 흥미진진한 이야기를 좋아한다면 이상한 도서관으로 한 걸음 들어가 보기 바란다.

3. 『아이사와 리쿠』 (호시 요리코 글·그림, 박정임 옮김, 이봄)

웹툰 전성시대에 종이 만화책을 읽어 보자. 말 못할 비밀을 간직한 여중생 리쿠의 이야기가 독특한 그림체로 전개된다. 감칠맛 나는 대사와

예술적인 그림체에 빠져들어 자기도 모르는 사이, 뜻밖의 엔딩까지 읽고 나면 이런저런 생각이 들면서 당분간 잠이 안 올 것이다.

4. 『앙테크리스타』 (아멜리 노통브 지음, 백선희 옮김, 문학세계사)

한 페이지 읽기도 전에 빨려 들어가게 되는 미친 흡인력. 두 소녀의 총칼 없는 전쟁, 그 결과는? 그것이 궁금해서 잠이 오지 않는다.

5. 『잠』 (베르나르 베르베르, 전미연 옮김, 열린책들)

잠과 꿈에 대한 기상천외한 실험, 그 실험을 통해 드러나는 주인공들의 내면세계가 흡인력 있고 간결한 문체로 빠르게 펼쳐진다. 점점 책을 읽는 게 아니라 100미터 달리기를 하는 기분이 들지도 모르니 숨을 고르며 읽기 바란다.

잠 오는 책 BEST 5

1. 『우리 삶이 춤이 된다면』

(조던 매터 지음, 이선혜·김은주 옮김, 시공아트)

한 장 한 장 넘기다 보면, 경이로움과 강렬한 호기심을 동시에 느끼게 될 것이다. 이 기이한 장면들이 어떻게 가능한 것인지 호기심도 생긴다. 천천히 아껴 읽고 싶은 마음에 '오늘은 이만 푹 자야지.' 하는 마음이 들 것이다.

2. 『詩누이』 (싱고 글·그림, 창비)

만사태평 고양이와 고양이 집사, 그리고 시가 있다. 따스한 그림 이야기와 시를 읽고 나면 종일 시달렸던 마음도 따뜻해진다. 다정함이 주는 안심이 흩어지지 않게 잘 모아서 얼른 꿀잠 속으로 들어가 보자.

3. 『자꾸 생각나』 (송아람 글·그림, 미메시스)

두툼한 만화책, 그러나 후루룩 볼 수 없다. 제발 그렇게 되지 말았으면 싶기도 한 이야기와 멋진 그림에 빠져들게 된다. 심플한 듯 심금을 울리는 담백함의 깊이가 경탄스럽다. 내일 밤에 또 이 책을 읽을 수 있다는 생각에 흐뭇한 마음으로 잠들 것이다.

4. 『1Q84』 (무라카미 하루키 지음, 양윤옥 옮김, 문학동네)

결이 섬세한 크루아상처럼 두 남녀의 이야기가 교차되어 전개된다. 어마어마한 양의 이 소설을 다 읽으려면 몇 번의 잠이 필요할까. 환상적 악몽같이 다가오는 이 이야기를 끝까지 읽기 위해서는 열심히 읽는 것 못지않게 열심히 잘 자는 것이 필요하다.

5. 『지금은 없는 이야기』 (최규석 글·그림, 사계절)

영화 <기생충>의 감성을 우화로 옮겨 낸 것 같은 그림 이야기. 각 작품을 읽는 데 5분도 채 안 걸리지만 이야기들이 전하는 메시지가 날카롭고 강렬하여 충격파가 상당하다. 그러니 다음 편을 계속 읽고 싶더라도 오늘 밤은 이만 잠자리에 들자. 하룻밤에 한 편씩 곱씹어 보는 걸 추천.

나가는 글 '내버려 두기'의 미학

얼마 전에 아주 흥미로운 단어를 알게 됐다.
건축업계의 '양생'이라는 개념이다.
콘크리트가 완전히 굳을 때까지 적당한 수분을 유지해 주고
충격받거나 얼지 않도록 보호하는 작업이라고 한다.
쉽게 말해 '일정 기간 그냥 내버려 두기'인 것이다.
가만 보니 '양생'이 청소년을 대할 때에도 필요한 과정이라는
생각이 들었다.

고등학교 교사가 되고 나서 알게 된 사실은,
고1과 고2의 차이가 굉장하다는 점이다.
교사가 되고 나서도 처음엔 잘 몰랐다.
고1이나 고2나 외양상으로는
거의 차이가 없는 경우도 많고, 글쎄…….
그런데 시간이 지남에 따라

그 1년 차가 대단하다는 점을 깨닫게 해 주는
다양한 사건을 겪었다.

"작년까지만 해도 망나니 수준이었는데 믿을 수가 없다니까요.
사람이 그렇게 변한다니 놀라워요."

나와 동료 교사들은 그런 드라마티틱한 경우들을 목격했다.
1년이 다 가도록 그 촘촘하고 다양했던 지도가 하나도
안 통했던 학생인데
2학년으로 진급하자 마치 〈지킬 앤 하이드〉의 현실 버전처럼
다른 모습을 보인다면 누구라도 놀랄 것이다.

흔한 케이스는 아니지만
분명히 이런 일은 생겨나고,
꽤 일어난다.

그 학생의 그 시절에 정말 필요했던 건 '양생'이
아니었을까 하는 생각을 했다.
체계적으로 착착 전개되는 촘촘한 프로세스가 아니라 말이다.
호르몬의 질주 및 급성장으로 잔뜩 놀라 있는 상태인
청소년들은 때로 양생을 간절히 원하는지 모른다.

하지만 '양생'이란 선생이 가장 하기 힘든 것인지도 모른다.
학생을 가만히 두다니 일단,
직업적 소명을 다하고 있지 않다는 죄책감을 유발한다.
그뿐이 아니다. 나쁜 짓 하고 있는 청소년을
일정 기간 가만히 두고 지켜보기만 하는 건
몹시 어렵기도 하다.

그런데 이렇게 생각해 본다.
다섯 번의 나쁜 짓에 아무 말도 안 하는 건
책임 유기가 분명하지만
다섯 번 중 네 번을 지켜보다가
다섯 번째에 뭘 하는 건 양생 후 작업이다.
실전에서 그렇게 하는 건 말처럼 쉽지 않겠지만.

학교에서 자는 학생들을 본다.
분명히 아무것도 안 하고 자고 있다.
하지만 누군가는 자기만의 양생을 하는 중인지도 모른다.
'양생의 황금 비율'을 찾고 싶은 마음으로 그 모습을 그려 본다.